1905 - Novembre. 8

Vente du Mercredi 8 novembre 1905

HOTEL DROUOT — SALLE N° 8

N° 188 du Catalogue

ESTAMPES

ANCIENNES

et

MODERNES

Me MAURICE DELESTRE
5, rue Saint-Georges

M. LOYS DELTEIL
22, rue des Bons-Enfants

Imp. Frazier-Soye
== 153-157 ==
rue Montmartre

CATALOGUE
D'ESTAMPES
MODERNES

Œuvres de :

BOILVIN, BRACQUEMOND, CHAUVEL,
COROT, DELACROIX, FANTIN-LATOUR,
GAILLARD, JONGKIND, MANET,
MERYON, MILLET, ROUSSEAU, ZORN, etc.

Estampes Anciennes — Gravures en Lots

dont la vente aura lieu

à Paris, HOTEL DROUOT, Salle N° 8

Le Mercredi 8 Novembre 1905

à 2 heures précises

Par le ministère de M° MAURICE DELESTRE

COMMISSAIRE-PRISEUR

5, rue Saint-Georges

Assisté de M. LOYS DELTEIL, Artiste-Graveur, Expert

22, rue des Bons-Enfants

CONDITIONS DE LA VENTE

Elle sera faite au comptant.

Les adjudicataires paieront *dix pour cent* en sus des enchères.

M. Loys Delteil remplira les commissions que voudront bien lui confier les amateurs ne pouvant y assister ; il se réserve, en outre, la faculté de diviser ou de rassembler les lots.

MM. les amateurs pourront visiter la collection, 22, *rue des Bons-Enfants*, du vendredi 3 au mardi 7 Novembre, de 2 heures à 5 heures, *le dimanche excepté*.

POUR PARAITRE LE 15 MARS 1906

Le Peintre-Graveur Illustré

(XIXe & XXe SIÈCLES)

par

LOYS DELTEIL

TOME Ier comprenant 4 fascicules séparés et consacrés à J.-F. MILLET — TH. ROUSSEAU — J. DUPRÉ — J.-B. JONGKIND et contenant une notice biographique sur chacun de ces Maitres, le catalogue raisonné de leur œuvre gravé et lithographié, et le fac-simile de toutes les pièces mentionnées.

1 vol. in-8° d'environ 130 pages, orné des portraits de *Millet*, de *Rousseau*, de *J. Dupré* et de *Jongkind*, et d'environ soixante-quinze fac-simile.

JUSTIFICATION DU TIRAGE :

25 Exemplaires de luxe à .. .. **25** fr.

300 Exemplaires sur beau papier à.. .. **8** fr.

A l'apparition du volume, le prix en sera porté, pour les exemplaires de luxe à **35** fr., et pour les exemplaires ordinaires à **10** fr.

On peut souscrire à un seul des fascicules aux conditions suivantes : MILLET, **5** fr. — JONGKIND, **4** fr. — ROUSSEAU, **3** fr. — DUPRÉ, **3** fr.

BULLETIN DE SOUSCRIPTION

(A renvoyer à M. LOYS DELTEIL, 22, *rue des Bons-Enfants.)*

Je, soussigné, déclare souscrire à .... *exemplaire* (1) *du* TOME Ier *du PEINTRE-GRAVEUR ILLUSTRÉ, au prix de* .... *fr. l'exemplaire.*

SIGNATURE ET ADRESSE :

(1) Ou au fascicule consacré à :

Le montant de la souscription n'est exigible qu'à la réception du volume.

N° 118 du Catalogue.

DÉSIGNATION

ADAM (Victor)

1. — Episodes de la Révolution de 1830. Dix-huit pièces in-fol. Belles épreuves.

2. — Buffon-Adam — Loisirs-Adam. Costumes militaires, etc. Cinquante-deux pièces.

BALÉCHOU (J. J.)

3. — La Popelinière (A. J. de), d'après L. Vigée (P. et B. 27). Belle épreuve.

BELLANGÉ (Hippolyte)

4. — La Combe (Le Colonel de), auteur du Catalogue de l'œuvre de Charlet (J. Adeline 417). Très belle épreuve sur chine. Rare.

5. — Sujets divers. Quatre-vingt-dix pièces.

BESNARD (A.)

6. — Les Enfants de l'artiste. Très belle épreuve.

7. — Tristesse. Très belle épreuve.

BOILVIN (Émile)

8. — Agacerie, 1re planche, Très belle épreuve, fort rare (tirée à 4 épreuves). *Signée*.

9. — Agacerie, 2e planche. Superbe épreuve d'essai, *signée*.

10. — La Baigneuse. Superbe et rare épreuve d'essai.

11. — Portrait de Mme Boilvin. Très belle épreuve. Très rare.

12. — Poésies de Fr. Coppée, éditeur *Lemerre*, 1882. Suite complète de : une tête de page, un cul-de-lampe et huit planches. Deux séries, épreuves *d'essai*, sur japon, l'une à l'état *d'eau-forte, avec remarques*.

13. — Marine, d'après Ziem. Superbe épreuve *d'essai*. Rare.

14. — Bacchus et Ariadne, d'après Ranvier. Superbe épreuve *d'essai*.

15. — Le Général Moreau et le lieutenant Dessoles, d'après E. Meissonier. Superbe épreuve, avec *remarque gravée par Ed. Detaille, signée*.

N° 25 du Catalogue.

16. — Promenade dans le Parc, d'après Ant. Watteau. Superbe et fort rare épreuve du 1er état, à *l'eau-forte pure.*

17. — La même pièce. Superbe et très rare épreuve d'essai, avec *remarque.*

18. — Le Christ, d'après Dagnan-Bouveret. In-fol. Superbe épreuve avec *remarque*, sur japon, *signée.*

19. — Portrait de Femme, d'après Carolus-Duran. In-fol. Superbe épreuve d'artiste, sur *japon, signée.*

20. — Primavera, d'après Burnes-Jones. Superbe *épreuve d'essai*, sur japon.

BOULARD — LE COUTEUX — LALAUZE

21. — Dragon assis, d'après Meissonier, 1er état — Printemps, d'après R. Collin — Les Joueurs de cartes, d'après Meissonier. Quatre pièces. Très belles épreuves d'essai.

BRACQUEMOND (Félix)

22. — Cladel (Léon) (H. B. 21). Belle épreuve, *signée.*

23. — Le Canard (H. B. 116) — Margot la critique (113) — Ils s'en allaient dodelinant... (125). Très belles épreuves sur chine.

24. — Ebats de canards (221). Très belle et très rare épreuve du 1er état, à *l'eau forte pure.*

25. — La même pièce. Très belle épreuve d'essai.

26. — Le vieux Coq (222). Superbe et fort rare épreuve du 3e état, *avant toute lettre*, sur japon (tiré à 6 épr. environ).

27. — La même pièce. Très belle épreuve du 5e état, sur japon.

28. — Les Mouettes (223). Superbe épreuve sur japon.

29. — Coucher de soleil, d'après Corot (251), rare — Un Soir (168). Deux pièces. Très belles épreuves.

30. — Etude, d'après Turner (H. B. 336). Très belle épreuve, *signée*.

N° 65 du Catalogue.

31. — Boissy d'Anglas présidant la Convention, d'après Eug. Delacroix (341). Superbe et très rare épreuve du 1er état, *à l'eau forte pure*.

32. — La même pièce. Superbe et très rare épreuve *avant toute lettre*.

33. — Le Soir, d'après Th. Rousseau (342). Superbe et très rare épreuve du 2e état, *non terminé* (4 épr. tirées), sur japon.

34. — Puiseuses d'eau, d'après J. F. Millet (785). Superbe épreuve, sur *parchemin*, *signée*.

35. — Le Nouveau-né, d'après J. F. Millet (786). Superbe épreuve sur japon, *signée.*

36. — Le Canard, titre pour les *Graveurs du XIXe siècle* (794). Très belle et très rare épreuve, *non terminée.*

37. — Janot Lapin. Superbe et très rare épreuve à *l'état d'eau-forte*, avec *dédicace.*

38. — Le Coq Gaulois. Très belle épreuve, *signée.*

39. — Delzant (Alidor). Deux superbes épreuves sur japon, une très rare, *non terminée.*

40. — Vanneaux et Sarcelles — Les Taupes — Les Cigognes — Un Soir — Frontispice de l'Illustration nouvelle, etc. Six pièces. Belles épreuves, une *non terminée.*

BRESDIN (Rodolphe)

41. — Repos en Egypte, très petite pièce en largeur, rare — Les Maisons au bord de l'eau, 1866. Deux pièces. Très belles épreuves. On y a joint le portrait de Franç. Bouchot, lith. par lui-même, 1825 et un portrait par Devéria, 1821. Quatre pièces.

BROWN (John Lewis)

42. — Le Passage du gué. Eau-forte et aquatinte. Très belle épreuve d'essai.

BUHOT (Félix)

43. — Une vieille Maîtresse, roman de Barbey d'Aurevilly (G. B. 99-108). Suite complète de dix pièces. Très belles épreuves, *avec les marges symphoniques.*

44. — Le Retour des Artistes (G. B. 125). Très belle épreuve du 3e état, *avant la lettre*, sur japon.

45. — L'Hiver à Paris (G. B. 128). Très belle épreuve, *timbrée.*

46. — Chapelle St-Michel à l'Estre, 1881 (G. B. 152). Très belle épreuve, *timbrée.*

47. — Un Grain (G. B. 122), 2 épreuves — *The embankment Westminster* (183), lithographie. Trois pièces. Belles épreuves.

CARICATURES

48. — *The Folies of a Day or the Marriage of Figaro*, par Herbert, 1786 — *A Nice Gentleman — A Nice Lady...* par Cruikshank — La Pianiste, par Cruikshank — *Cocking the Greeks — Lord-ible déclarant... — Les incovéniens de la Chasse.* Huit pièces. Belles épreuves, *coloriées.*

49. — Caricatures relatives à Louis XVIII. Vingt-deux pièces. Très belles épreuves, *coloriées*, plusieurs rares.

50. — La Caricature provisoire (novembre 1838-oct. 1839), contenant de nombreuses planches par Daumier, Gavarni, Monnier, etc.

CHARLET (N. T.)

51. — Sujets divers. Soixante pièces.

CHAUVEL (Th.)

52. — *February, fill-dyke*, d'après Leader (96). Superbe épreuve *avant la lettre, signée des artistes et timbrée.*

53. — Banks of the Ivy O", d'après Leader (97). Superbe épreuve *avant la lettre, signée des artistes et timbrée.*

54. — Connais-tu le pays, d'après J. Rolshoven (126). Superbe et rare épreuve *avant le nom des artistes*, sur japon, avec *dédicace*.

55. — L'Abreuvoir, d'après Corot (136). Superbe épreuve sur parchemin, avec *dédicace* et *timbrée*. Rare.

56. — Le Vieux manoir en Surrey (*An Old Manor Surrey House*), d'après Leader (146). Superbe épreuve d'essai, sur japon, avec *dédicace*.

57. — Brise du Matin (*The Breezy Morn*), d'après Leader (148). Superbe épreuve d'essai, sur japon, avec *dédicace*.

COCHIN FILS (Ch. Nic.)

58. — Lulli — G. Coustou — Gasp. Duchange — J. B. Massé — Poisson de Vandières — Dumont, le Romain — A. de Parcieux. Sept pièces par Cochin fils, Saint-Aubin, Dupuis et Watelet. Très belles épreuves.

CORMON (F.)

59. — La Tentation de St Antoine. Très belle épreuve, sur parchemin, *signée*.

COROT

60. — Le Bateau sous les saules (A. R. 2). Très belle épreuve. Rare.

61. — L'Etang de Ville-d'Avray (A. R. 3). Très belle épreuve.

62. — La même estampe. Très belle épreuve.

63. — Campagne boisée ou Solitude (A. R. 8). Très belle épreuve du 2e état, *avant la lettre*.

64. — La même estampe. Très belle épreuve du 3ᵉ éta
On y a joint le *Lac*, par Bracquemond, d'après Corot. Deux pièces.

65. — Dans les Dunes, souvenir du Bois de la Haye (A. R. 9). Très belle et très rare épreuve sur *parchemin* (tiré à 2 épr. sur ce papier).

66. — La même estampe. Très belle épreuve.

67. — La jeune Fille et la Mort. Cliché verre. Très belle épreuve.

COURTRY (Charles)

68. — Milton dictant le Paradis perdu à ses filles, d'après Munkacsy. Superbe épreuve, avec *remarque, signée*.

DAUBIGNY (C. F.)

69. — Le Lai des deux Amants (F. H. 15) — Le Verger (III). Deux pièces. Très belles épreuves.

DAULLÉ (J.)

70. — Rousseau (J. B.), d'après J. Aved, 1736 (E. Del. 71). Belle épreuve.

DAUMIER (H.)

71. — Denjoy (H. et L. D. 53). Très belle et très rare épreuve du 1ᵉʳ état, *avant la lettre*.

72. — Gens de Justice — Robert Macaire — Bons bourgeois, etc. Quinze pièces. Très belles épreuves, plusieurs *coloriées*.

73. — Idylles parlementaires — Physionomies tragiques — Actualités, 1848-1849. Onze pièces. Très belles épreuves avec *cache-lettres*.

74. — Caricatures diverses. Trente pièces.

DELACROIX (Eug.)

75. — Lionne déchirant la poitrine d'un Arabe (A. M. 17). Belle épreuve du 1er état, tirée en bistre.

76. — Lion dévorant un cheval, 1844 (A. M. 56). Superbe et rare épreuve sur chine avec le 1er titre : *Groupe d'Animaux*, remplacé depuis par : Lion dévorant un cheval.

77. — La même estampe. Très belle épreuve sur chine, du 4e état.

DETAILLE (Edouard)

78. En Egypte, 1892 — Officier commandant de dragons à pied, 1892 — Paysan alsacien fumant, 1893 — Un cosaque, 1895 — Postillon, 1898 — Le petit cavalier, 2 épr. — Sept eaux-fortes marginales. Très belles épreuves sur Japon.

DEVERIA (A.)

79. — Smithson (Mlle H. C.), Mme Berlioz (H. B. 137). Très belle épreuve tirée avec teinte. Rare.

DORÉ (G.)

80. — Le Christ au roseau. Eau-forte grand in-fol. Très belle épreuve. Rare.

DYCK (A. Van)

81. — Portraits pour l'*Iconographie*. Neuf pièces par Pontius, Vorsterman, P. de Jode, etc. Belles épreuves.

EAUX-FORTES ET LITHOGRAPHIES

82. — Le Lion, par G. Doré — Une grande Douleur, par Ribot — La Pivoine, par Jacquemart —

Le Verger, par Daubigny — Au bord du puits, par Français — Promenade hors les murs, par H. Leys. Six pièces. Très belles et très rares épreuves tirées sur *parchemin*.

83. — Sujets divers. Huit pièces par A. Legros, Detaille, Ribot, Ch. Jacque et Leys. Belles épreuves.

N° 121 du Catalogue.

84. — Sujets divers et Paysages. Cinquante-trois pièces.

ÉCOLE FRANÇAISE (XVIIIe siècle)

85. — Frontispices — En-têtes — Vignettes — Portraits. Quinze pièces, la plupart par Choffard, quelques-unes *avant la lettre*.

ECOLE DANOISE

86. — Sujets divers et Paysages. Cinq eaux-fortes par Carl Locher, Anna Ancher, Thornvald Niss et L. Frölich. Très belles épreuves.

FANTIN-LATOUR (H.)

87. — Baigneuse, de dos (G. H. 27). Très belle et très rare épreuve du 1er état.

88. — Vénus et l'Amour (101). Très belle épreuve sur chine, *signée*.

89. — Portrait de Fantin à dix-sept ans (G. H. 104). Très belle épreuve sur chine volant.

90. — La Lecture (136). Très belle épreuve du 1er état, sur japon.

91. — Evocation de Kundry, 4e planche (142). Très belle épreuve.

92. — Berlioz, petite planche, épreuve d'état — Vision. Deux pièces sur chine volant.

FORTUNY (M.)

93. — Kabyle mort (H. B. 2) — Idylle (4) — Amateur de jardin (11) — Cheval du Maroc (20) — Eglise St-Joseph à Madrid (21) — Méditation (23) — Portrait du peintre Zamacoïs (25) — Homme se roulant à terre (27). Sept pièces. Très belles épreuves, cinq *avant la lettre*.

FRAGONARD (D'après H.)

94. — Le Baiser dangereux, par F. Flipart. Belle épreuve.

FRANÇAIS (F. L.)

95. — Sujets divers et Paysages. Vingt-quatre pièces.

GAILLARD (C. F.)

96. — L'Homme à l'œillet, d'après Van Eyck (H. B. 25). Très belle épreuve sur chine, *la lettre non encrée.*

97. — Tête de cire du Musée de Lille (H. B. 36). Très belle épreuve *avant la lettre*, sur chine.

GAVARNI

98. — Séries diverses. Quatre-vingt pièces, une *avant la lettre*, plusieurs sur chine.

GOLTZIUS (Henri)

99. — Forestus (P.), médecin, 1586 (B. 169). Superbe épreuve des collections P. Mariette et V. De Non.

100. — Sovius (Simon), 1583 (B. 207). Très belle épreuve de la collection H. Weber.

GREUZE (d'après J. B.)

101. — La Maman, par Beauvarlet. Très belle épreuve.

HADEN (F. Seymour)

102. — Le Troupeau de Daims (Werrington) (R. D. 115). Très belle et très rare épreuve sur *parchemin* (tiré à 2 exempl. sur ce papier).

103. — La même estampe. Très belle épreuve.

HARPIGNIES (Henri)

104. — Paysages, 1874. Trois petits pièces tirées sur papier ancien.

HÉDOUIN (Edmond)

105. — Théâtre de Molière, Morgand 1888, frontispice et trente-quatre planches. Superbes et rares épreuves *avant l'encadrement*, sur *parchemin, signées*.

HERVIER (Adolphe)

106. — Environs de Caen. Très belle épreuve *avant la lettre*.

HUARD (Charles)

107. — Paysages. Trois eaux-fortes. Très belles épreuves.

ISABEY (d'après J. B.)

108. — Alexandre Ier, Emp. de Russie, par Blasius Hofel, 1815. Belle épreuve tirée en bistre.

ISRAELS (Josef)

109. — Le Fumeur à l'âtre — Le Pêcheur. Deux pièces in-fol. Belles épreuves sur japon, une *signée*.

JACQUE (Ch.)

110. — Jacque, par lui-même (G. 139) — Chaumière (78) — Un Coin de la forêt de Fontainebleau (142) — Pastorale — Orage (249), très rare — La Forge (252 et 203), rares. Sept pièces. Très belles épreuves.

JACQUET (Achille)

111. — En Reconnaissance, d'après E. Detaille. Superbe épreuve *avant la lettre, avec remarque gravée par Detaille*, sur *parchemin*.

N° 138 du Catalogue.

112. — Le Renseignement, d'après E. Meissonier, 1890. Très belle et très rare épreuve du 1er état, sur japon, *signée*.

113. — L'Ordonnance, d'après E. Meissonier. Superbe épreuve avec *remarque*, sur japon, *signée*.

JACQUET (Jules)

114. — 1814, d'après E. Meissonier. Superbe et rare épreuve d'essai, sur chine, *signée*.

115. — La même estampe. Superbe épreuve sur japon, *signée* et *timbrée*.

116. — Le portrait du Sergent, d'après Meissonier (H. B. 36). Très belle et rare épreuve du 1er état.

117. — La même estampe. Superbe épreuve sur japon, *signée*.

JONGKIND (J. Barthold)

118. — Les Maisons au bord du canal, 1862. Très belle et rare épreuve du 1er état, *avant l'adresse de Delâtre*.

119. — Les deux Barques à voile, 1862. Très belle et rare épreuve du 1er état, avant l'adresse de Delâtre.

120. — Vue de la Ville de Maaslins, 1862. Très belle épreuve.

121. — Batavia (Paysage de Hollande), 1868. Très belle et très rare épreuve sur *parchemin* (tiré à 2 exempl. sur ce papier).

122. — La même estampe. Très belle épreuve.

LANÇON (Auguste)

123. — La Vieille au bonnet blanc. Très belle épreuve.

LAURENS (Jean-Paul)

124. — La Pouparde (H. B. 1) — Les Enfants de J. P. Laurens (2) — Victoire Tranchart (3) — La Pieuvre (4). Quatre pièces. Très belles épreuves, deux *avant la lettre*.

LEYS (H.)

125. — Escalier de la maison des brasseurs à Anvers (H. B. 4). Très belle épreuve. Rare.

126. — Intérieur Flamand (5). Très belle épreuve.

N° 140 du Catalogue

LITHOGRAPHIES

127. — Têtes de fantaisie, par Grevedon — Charges, par Grandville et Dantan — Les Mois, par Develly — Grimaces et sujets divers, par L. Boilly, etc. Cinquante pièces, plusieurs *coloriées*.

LOUIS XVI ET MARIE-ANTOINETTE (Estampes relatives à)

128. — Fin tragique de Louis XVI — Fin tragique de Marie-Antoinette — Les derniers adieux de Louis XVI à sa famille — Arrivée de Thérèse-Charlotte sur le territoire de Bâle — Sortie des Émigrés. Six pièces par Ch. de Mechel et anonymes. Très belles épreuves.

MANET (Ed.)

129. — Fleur exotique (La Femme à la mantille) (H. B. 12). Très belle et très rare épreuve sur *parchemin* (tiré à 2 exempl. sur ce papier).

130. — La même estampe. Très belle épreuve.

131. — Baudelaire (Ch.), de face (H. B. 24). Belle épreuve sur chine.

132. — Odalisque couchée (20). Très belle épreuve.

133. — La Convalescente (40). Très belle épreuve.

MERYON (Charles)

134. — Charles Meryon, par Léop. Flameng, 1858. Très belle épreuve.

135. — La Tour de l'Horloge. Belle épreuve sur chine *avant les dernières retouches.*

136. — Le Pont-Neuf. Belle épreuve *avant que la cheminée n'ait été effacée.*

137. — La Morgue. Magnifique épreuve de 2e état, *avant les inscriptions.*

138. — La Galerie Notre-Dame. Magnifique épreuve du 1er état, *avant la lettre et avant les cinq minuscules corbeaux*, sur *papier verdâtre.*

139. — La même estampe. Très belle épreuve du même état (piqûres).

140. — L'Arche du Pont Notre-Dame. Magnifique épreuve du 2e état, *avant le titre et les lettres C. M.*, sur papier verdâtre.

141. — La même estampe. Belle épreuve du même état.

N° 142 du Catalogue.

142. — La Pompe Notre-Dame. Magnifique épreuve du 2e état, *avant le titre*, sur *papier verdâtre*.

143. — La même estampe. Belle épreuve.

144. — La même estampe. Belle épreuve.

145. — Le Petit Pont. Belle épreuve avec les lettres C. M. mais *sans aucune autre lettre*.

146. — Rue Pirouette, aux Halles, 1860. Très belle épreuve sur chine.

MILLET (J. F.)

147. — La Bouillie. Très belle épreuve sur chine.

148. — La Fileuse. Très belle et très rare épreuve sur *parchemin* (tirée à 2 exempl. sur ce papier).

149. — La même estampe. Très belle épreuve.

MONNIER (Henry)

150. — Grisettes, pl. 1, 3 à 6 — Récréations. Sept pièces. Belles épreuves *coloriées*.

NAPOLÉON Ier (Estampes relatives à)

151. — Napoléon Ier, portrait équestre, par Tassaert et Cazenave, d'après Hennequin. In-fol. Belle épreuve. Rare.

152. — Bonaparte, dessiné et gravé d'après nature en 1796 — Bonaparte, d'après Isabey, par A. Tardieu. Trois pièces. Belles épreuves.

NEUVILLE (Alphonse de)

153. — Mobiles à la tranchée (Siège de Paris). Deux très belles épreuves, une *avant la lettre*, sur chine.

O'CONNELL (Mme Frédérique)

154. — Un Chevalier Louis XIII (H. B. 4). Deux très belles épreuves, dont une rare, *avant la lettre* et *avec la date de 1849*.

PARIS (Estampes relatives à)

155. — Place Royale — Palais-Bourbon, 2 p. par Janinet, *impr. en couleurs* — La Place de Louis XVI et la salle d'Opéra proposées au Carrousel — Plans de Paris à travers les siècles, 7 pl. par A. Coquart. Ensemble dix pièces.

PISSARRO (Camille)

156. — Paysage, aquatinte. Très belle épr. sur japon, *signée.*

PRUDHON. (P. P.)

157. — Une Lecture (E. de G. 7). Très belle épreuve sur chine, *avant* l'adresse de Bertatus.

N° 168 du Catalogue.

RAFFET (A.)

158. — Le Drapeau du 17me léger (H. G. 83). Belle épreuve sur chine.

159. — Infanterie polonaise marchant à l'ennemi (161). Belle épreuve.

160. Histoire de Napoléon (237-260), 17 pièces d'une suite de 25 pl. Belles épreuves.

161. — Histoire de Napoléon, 3 pl. Très belles épreuves.

162. — Planches du Siège d'Anvers et de la Retraite et Prise de Constantine. Vingt-et-une pièces de divers tirages, plusieurs doubles.

163. — Révolution de 1830. — Histoire de Napoléon — Planches d'Albums. Seize pièces.

RENOUARD (Paul)

164. — La Loge directoriale (Opéra). — Page d'exercices. Deux pièces. Très belles épreuves, *signées*.

RODIN (Aug.)

165. — Becque (Henry). Très belle épreuve sur chine, *signée*.

166. — Printemps. Belle épreuve.

ROPS (F.)

167. — Jean Vandyrendonck (E. R. 113). Superbe épreuve du 3e état, avec légende *manuscrite* de dix lignes, de Rops : *A toi, Jean...*

ROUSSEAU (Théodore)

168. — Vue du Berri. Très belle épreuve. Rare.

169. — Chênes de Roche. Belle épreuve.

RUOTTE — LE ROY

170. — Marie-Antoinette d'Autriche — Louis-Charles de France et Marie-Thérèse. Deux pièces. Très belles épreuves.

RYSSELBERGHE (P. Van)

171. -- Nocturne, Port de Boulogne. Très belle épreuve.

SCHONHEYDER-MOLLER

172. — La Barrière à l'entrée du bois de sapins. Très belle épreuve sur japon, *signée*.

173. — Don Quichotte. Gravure sur bois originale. Très belle épreuve sur japon.

SERGENT (A. F.)

174. — Necker, d'après J. S. Duplessis, 1789. Très belle épreuve *imprimée en couleurs*.

SOCIÉTÉ FRANÇAISE DE GRAVURE

175. — Réunion de quarante-deux planches publiées par la *Société Française de gravure*, gravées par Henriquel-Dupont, J. Levasseur, Didier, Sulpis, Patricot, Danguin, A. et J. Jacquet, G. Lévy, etc. Très belles épreuves sur chine, *numérotées*.

TÉNIERS (d'après D.)

176. — St Antoine — Les Fumeurs Hollandais — David Téniers et sa Famille — Le Chimiste — Le Chirurgien de campagne — L'Amoureux buveur. Six pièces par Le Bas, Canot et T. Major. Belles épreuves.

TISSOT (J.)

177. — Dimanche matin (H. B. 63). Superbe épreuve, sur *parchemin*.

VAN GOGH (Vincent)

178. — L'Homme à la pipe, mai 1890. Eau-forte. Très belle épreuve tirée en sanguine. Rare.

VIGNETTES

179\. — Vignettes pour l'Edition Nationale des Œuvres de Victor Hugo. — Paris Em. Testard.

Deux-cent-vingt pièces gravées par Géry-Bichard, Courtry, Mongin, Laguillermie, Gaujean, Lefort, Bracquemond, L. Flameng, Chauvel, Le Rat, etc. d'après Luc Olivier-Merson, J. P. Laurens, Jeanniot, Ribot, Henner, Rodin, etc. Très belles et fort rares épr. *tirées sur satin* (3 exempl. seulement ont été tirés sur satin).

180\. — Vignettes pour le même ouvrage. Quatre-vingt-dix-sept pièces encadrées. Belles épreuves, la plupart avec *remarques*.

181\. — Edition Nationale des Œuvres de Victor-Hugo, exempl. sur japon, avec double série des vignettes, *avant* et *avec* la lettre. Quarante-trois volumes in-4, non br.

182\. — Aquarelle de Pinchart, pour la poésie de V. Hugo : *Pendant que la fenêtre était ouverte*. Signée du monogramme de l'artiste, datée (1885) et encadrée.

183\. — Sous ce numéro il sera vendu environ 400 vign. anciennes et modernes.

WHISTLER (J. M. N.)

184\. — Millbank (W. 67). Très belle épreuve.

185\. — Amsterdam, cuivre réduit. Belle épreuve sur chine.

186\. — *The Savoy Pigeons* (T. W. 118). Belle épreuve.

ZORN (Anders)

187\. — Simon (Mme) (F. de Sch. 47). Très belle épreuve.

188. — Renan (Ernest), 1892 (F. de Sch. 52). Superbe épreuve du 2e état, *signée*.

189. — Zorn, par lui-même (F. de Sch. 151). Très belle épreuve.

190. — Zorn, par lui-même (F. de Sch. 155), autre portrait. Très belle épreuve.

191. — Sous ce numéro il sera vendu environ quinze cents estampes anciennes et modernes.

IMPRIMERIE
FRAZIER-SOYE
153, 155, 157, rue Montmartre
PARIS

RED. :

20

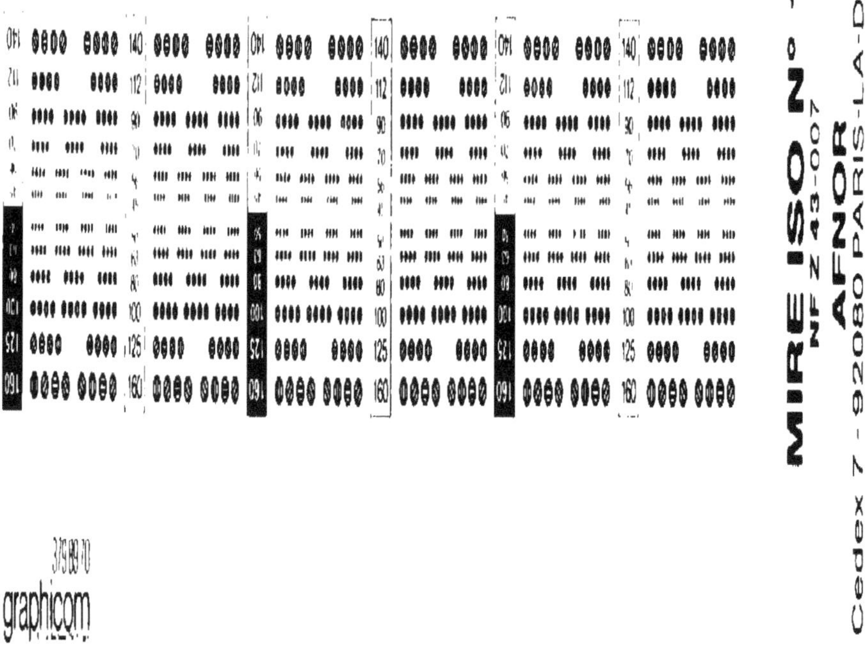
MIRE ISO N° 1
NF Z 43-007
AFNOR
Cedex 7 - 92080 PARIS-LA-DÉFENSE
graphicom

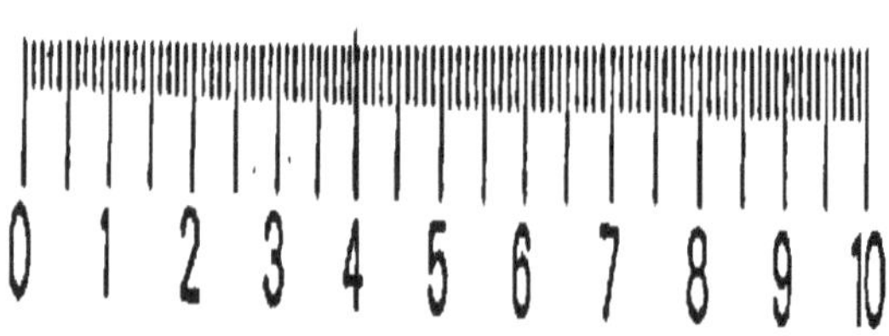
0 1 2 3 4 5 6 7 8 9 10

www.ingramcontent.com/pod-product-compliance
Ingram Content Group UK Ltd.
Pitfield, Milton Keynes, MK11 3LW, UK
UKHW021118290826
14628UKWH00014B/2663

9 782329 307909